我認識的一隻貓跑來問我：
「動物醫院三十九號在哪裡？」
我給牠畫了一張地圖。

在我畫地圖的時候，
牠忍不住打了一個噴嚏。

「醫生今天看診嗎？」
牠又問。
我點點頭。

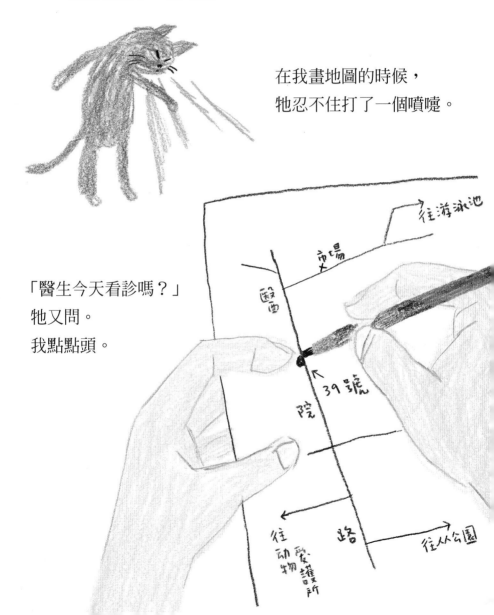

catch 042

動物醫院三十九號　NO 39 ANIMAL SURGERY

李瑾倫／著

責任編輯：韓秀玫　美術編輯：何萍萍

法律顧問：董安丹律師、顧慕堯律師

出版者：大塊文化出版股份有限公司

台北市105022南京東路四段25號11樓

讀者服務專線：0800-006689

TEL：(02)87123898　FAX：(02)87123897

郵撥帳號：18955675

戶名：大塊文化出版股份有限公司

e-mail：locus@locuspublishing.com

www.locuspublishing.com

行政院新聞局局版北市業字第706號

總經銷：大和書報圖書股份有限公司

地址：新北市新莊區五工五路2號

TEL：(02)29818089（代表號）

FAX：(02)29883028　29813049

初版一刷：2002年7月

二版五刷：2021年6月

定價：新台幣220元

ISBN 986-7975-27-8　　Printed in Taiwan

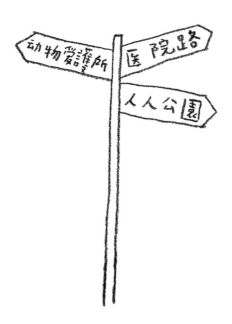

給 剉冰

我叮囑貓說：
「看診時間上午九點到下午九點，
中午十二點到兩點休息，
年中無休，中午休息時間不要敲門。」

動物醫院三十九號

No 39 Animal Surgery

李瑾倫　作品

貓不是第一個來拜訪醫生的。

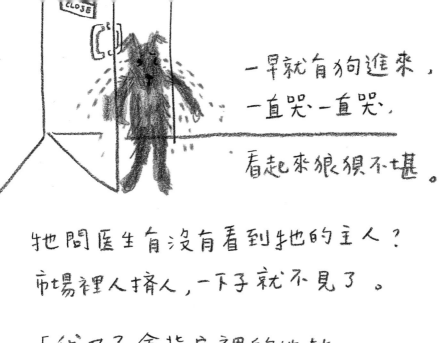

一早就有狗進來，
一直哭一直哭。

看起來狼狽不堪。

牠問医生有沒有看到牠的主人？
市場裡人擠人，一下子就不見了。

「我又不會背家裡的地址，」
牠哭得更大聲。
「你可不可以
  讓我先待這邊？」

狗抽抽答答
地問。

狗終於停止哭泣，
因為肚子餓也就不客氣的
吃完一碗
點心。

「你叫
什麼
名字？」
醫生問。
「寶貝。」牠說。

醫生和寶貝都坐下來，
開始寫協尋主人啟事。

「治咳嗽要多少魚?」
牠問。
「一般是兩條。」
醫生說。

貓先看病,
魚以後再說。

貓有點緊張。
「我打噴嚏。」
進門前牠先
對醫生說。
「有時還咳嗽。」
牠補充。

「我不要出來！」兔子說。

「你要出來，因為你要剪牙齒。」醫生說。

「我不要剪牙齒，所以我不要出來！」兔子又說。

「誰叫你不咬乾草。你多咬乾草的話，現在就不必剪牙齒。」醫生說。

有誰可以叫他們停止這種對話呢？他們已經這樣一個小時了。

烏龜來了，在一個
小小的盒子裡。

「醫生，我和我弟
的烏龜已經
動也不動很多
天了，你想，
牠是不是
冬眠了？」
小孩問。

狗暫時在醫院裡住下來。

貓出發去捕魚。

醫生在兔子的病歷上寫下：
剪牙、討厭咀嚼、固執。

烏龜在回家後不久，
就在水缸裡游了起來。

SNOWY身躺在手術桌上，医生正幫牠導尿，這是一個老毛病，每隔一陣就得來一次。因為麻醉，牠睡得很沈，沈沈的做了一個為了追逐克麗絲在屋簷各處恣意灑尿的夢。

一個太太好心的招呼小黑
到醫院打預防針，
說一切她出錢，
還說凡現在打針的
可享肉乾 5 塊。
小黑在外流浪，
從來沒上過醫院，
預防針？沒聽過。
肉乾？5塊？這倒可考慮一下。

三隻布偶走
進醫院要
看病。

一隻說牠鼻子
的縫線就要
掉了，第二隻
說眼睛奇怪
睜不開，第三
隻則說想要
新耳朵和新
尾巴。

醫生低頭仔細看牠們三個，
這下可碰到了難題，他想。

蝴蝶不知道什么時候悄悄飛了進來。

牠覺得有點頭暈，
想給医生看病；
只是，一切都
太安静了，
沒有人察覺牠
的到來。

其實，醫生
一眼就看到蝴蝶了。

「那你保重了。」
醫生說。

「心情放輕鬆，
　中午太陽大，
　記得多在葉子下休息。」

醫生中午休息時，做了一個夢，
他夢見有一個人送他藥瓶子，
說裡頭的藥源源不絕，
還治百病，從此
不必再花
錢買藥，
治療流浪
動物也不
再有經濟上的壓力。

大家在夢裡，都高興的笑了。

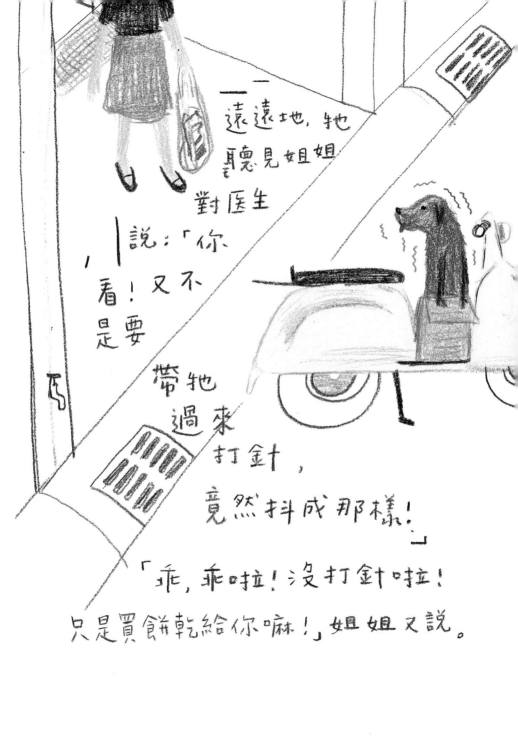

遠遠地，牠聽見姐姐對医生說：「你看！又不是要帶牠過來打針，竟然抖成那樣！」

「乖，乖啦！沒打針啦！只是買餅乾給你嘛！」姐姐又說。

一早,
有人把他的
狗拴在醫
院外的

騎樓柱上。
还挂
了一個
牌子。 醫生一
開門,
就看見牠了。
「讓我走吧,」狗說,
「我可以自己照顧自己。」
牠其实已經
傷透了心。

煩請照顧

主人想替貓理毛。
於是，醫生show給貓看
右邊几款基本的
髮型。

1.

2.

3.

4.

嫌熱的不只一個。

「醫生，我們跟牠說不穿衣服
會感冒，牠都不聽了，
每次趁我們不注意就把
衣服咬掉。」

這是真正屬於夏天的髮型。

今天大家都趕去聽由
動物愛護所所舉辦的一場
「完美節育計劃」的演講。
除了有專車定點接送，
還有免費健檢和「來聽禮」肉骨一根。

結紮補助
公的400 母的1000

領取表格由此進

好像今天
大家都很忙。

沒人有空
理牠們。

想事情的想事情，
講電話的
拼命講電話。

怎連牠們的名字
都忘了呌，
就出門了呢？

噓，安靜⋯⋯⋯⋯⋯⋯⋯⋯⋯⋯⋯⋯⋯⋯

⋯⋯⋯⋯⋯⋯⋯⋯⋯⋯⋯⋯⋯⋯⋯⋯⋯⋯⋯⋯⋯⋯

⋯⋯⋯⋯⋯⋯⋯⋯⋯⋯⋯⋯⋯⋯⋯⋯⋯⋯⋯⋯⋯⋯

⋯⋯⋯⋯⋯⋯⋯⋯⋯⋯⋯⋯⋯⋯⋯⋯⋯⋯⋯⋯⋯⋯

⋯⋯⋯⋯⋯⋯⋯⋯⋯⋯⋯⋯⋯⋯⋯⋯⋯⋯⋯⋯⋯⋯

⋯⋯⋯⋯⋯⋯⋯⋯⋯⋯⋯⋯⋯⋯⋯⋯⋯⋯⋯⋯⋯⋯出去了⋯⋯⋯⋯

⋯⋯⋯⋯⋯走出去了⋯⋯⋯⋯⋯⋯⋯⋯⋯⋯⋯⋯⋯⋯

⋯⋯⋯⋯⋯⋯⋯⋯⋯⋯⋯⋯⋯⋯⋯⋯⋯⋯⋯⋯⋯⋯

⋯應該出去了⋯⋯⋯⋯⋯⋯⋯⋯⋯⋯⋯⋯⋯⋯⋯⋯

⋯⋯⋯⋯⋯⋯⋯⋯⋯⋯⋯⋯⋯對，出去了⋯⋯⋯⋯⋯⋯

⋯⋯⋯⋯⋯⋯⋯⋯⋯⋯⋯⋯⋯⋯⋯⋯⋯⋯⋯⋯⋯⋯

趁著家裡沒大人在，
牠們倆把可以
拿出來交換的
都搬出來
交換了：骨頭枕

飼料

畚箕

拖鞋

衛生紙

狗盆

毛線

蒼蠅拍　電動老鼠

雞毛撢子

貓盆　不知名的襯衫　咬爛的牛皮骨

最後，牠們連名字都換了，從此，
咪咪是旺旺，旺旺是咪咪。

糍吉從醫生那裡拿來一份列物，
上面寫著德國人願意認養台灣的
流浪狗。
「那你
可能就
有新家了，
糍吉。」
貓說。

雖然只是三百萬之幾的機會，貓还
是覺得很依依不捨，彷彿眼前的
糍吉明天就去德國了。
「你不要忘記我喔！」貓又說。

出發到德國的前一天，
牠們拍了一張
大頭貼。

Forever
Forever
Forever

本來只是在院子裡聊天的，
沒想到收音机裡正在介紹一本新書，
大家不約而同地仔細聽了起來...

如何訓練主人 .... 處方含金代幣的使用 ···· 當主人給你食物、誇獎你、....

... 摸摸你或帶你出去散步的時候，.... 記得，就給他一個代幣，...

... 這時候你的主人會很高興，····· 於是他會記得趕快再對你做一次同樣的事。

.... 記住，最吸引主人的東西就是錢，....

... 你如果是一隻會替他找錢的寵物，....

... 他絕對捨不得放棄你。...

... 如果主人一段時間表現良好，...

... 你可看情況 ····

... 給他一張含金代鈔以示鼓勵。...

... 含金代鈔歡迎預約訂購，...

狗用每包十五張現只需兩根骨頭，..

貓用代鈔每包十張只需四隻小魚，····

... 兔用代鈔每包十張只需三個紅蘿蔔 ..

花貓不屑輕鬆過日子。

牠每天
不停地
思考著。

辛勤地
工作著。

牠在夜市裡賣
「動物医院医生生氣時」畫像，聽
說反应不錯，來買過的努笛還會再來買
送給朋友。什么作用呢？說是擊退惡狗。

另外像這個「好效果天然牌淚水」
也賣得不錯，狗貓通用。效果呢？
說是不幸被多人捕捉後，滴上幾滴
冒充淚水，有用。

狗被主人罵了，
躺在牆角，
無精打采不想動。
貓倒是說話了：
「我發誓，
那杯牛奶，真的，
不是，我，
偷喝的。」

「大家放輕鬆,」
教練說,「深呼吸、
閉氣,先練習飄浮。」
「等你們學會,魚就更好抓了。」

唉，
原來大家都有煩惱。

一隻黑色的、
看不清哪裡是
鼻子眼睛的
小狗，彆彆扭扭
的站在門口，
吞吞吐吐的
問：「請問，
膽小有藥醫
嗎？」

橘子貓從十樓
那麼高跌下來，
不但大難不死，
還趕上
參加

當季「最有本事」、
「傑出冒險家」.「新新造型」
等獎。不過,遺憾的是,牠尚
與這些獎無緣.有別的貓
比牠更強,只有下次再來。

來了一隻狗，說是国外回來的，
很了不起的樣子，說什么牠在國外
不但可以坐巴士、還可以搭地下鉄、
無拘無束地
在公園

裡奔跑、
假日
去逛古堡
裡的美術館、然後再跳入
湖裡游泳、在草地上曬太陽…。
大家很努力地保持礼貌把話聽
完，只是，不知怎麼，心情變得很糟。

但，說真的．
　　除了睡覺．

還真的想不出有什麼事好做。

禁止狗入內跑步
人人公園委員會敬啟

你難道不知道
狗不能進來
跑步
嗎？

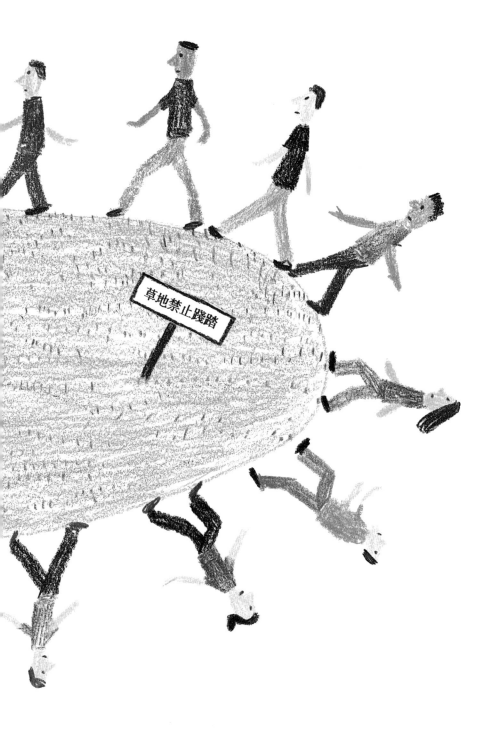

家犬、犬、偽人犬，禁止進入

狗也有累的時候。

在進入天堂的入口前，
牠們坐在雲上，
等著天使發自由的翅膀。

「最乖的先出來。」
天使說。

一個人說他不要再
治療他的貓了,

他說他負擔不起,
一切隨緣吧。
「為什麼不治牠?還有一天就有一天
希望,為什麼不治牠?你就算把貓
丟在這裡,我也會繼續治牠啊!」
醫生大吼。

但那人,頭也不回,
硬是走了。

這是和「媽媽」
的最後一次
擁抱了。

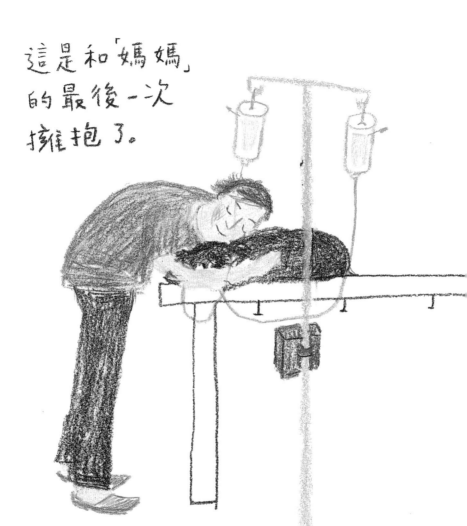

「你最乖，你是世界上最乖的
小狗。」媽媽說。

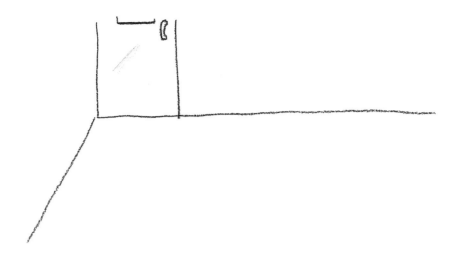

是上帝自有

祂的安排

嗎？

雨已經
下了好長
一陣子,
貓 也 被 送去醫院好長一陣子了。
狗真想念貓。

狗要去醫院看牠
的好朋友貓。
但牠老了，恐怕
沒力氣走那麼
遠。雨也
開始下了。
鼓起勇
氣牠
攔下

一輛計程車，
「嗯…我是狗，
請問你要
載嗎？」

生命短暫，
愛是永恆的，嗎？

每天，小黃都
在同樣的
時間、同樣
的路口等
小女孩放學。
被愛的感覺
難以言喻。

小小狗枕著一隻
布偶蛙和一隻布偶豬
睡著了。幸福的感覺把空氣
也催眠了。

牠餓了，也累了。國道高速公路南下二百五十一公里處，一隻身穿咖啡色毛的小狗，還專心在等主人來帶牠回家。

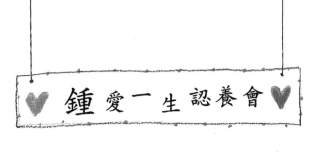

♥ 鍾愛一生認養會 ♥

明天有認養會,
兩隻狗先跑到
桌子上試坐一下,

覓得
到時
太緊張。

「你想,鍾愛一生是什麼意思?」
坐在右邊的黑皮問。牠對被認養
一事本來就存疑,現在處於倒抽
時刻,更是各個細節都要再確定一下。

小花從出生到現在兩歲大，從來沒有被允許踏出籠子一步這件事，已經沒法追究是誰的錯了。但至少，有好消息一件，今年聖誕節以前，將會有人來認養牠，並且相愛一輩子............。

真的嗎？
小花是
這麼向
聖誕老人
要求的。

若不麻煩，
就請聖誕老人給牠
這份礼物吧。

流浪的日子，
什麼時候會結束？
牠們都需要
這個禮物。

猜猜是誰來了？

一位女士開門進來，
「嗯，想請問一下，」她說，
「您曾看到一隻叫做
寶貝的狗嗎？」

那張
協尋主人啟事
可以扔掉了。

正要拉下鐵門休息的時候，
一隻狗頂著一個塑膠桶跌跌撞撞
來求救。一陣混亂，狗說牠也不
曉得是誰套的。這次，醫生真的生氣
了。想罵人卻不知罵誰，狗突然覺
得醫生和牠一樣委屈。

剉冰是醫生收養的一隻貓。

劉冰終於忍不住了,

「你真的喜歡當醫生嗎?」牠問。

比起在外頭屋頂上曬太陽，
到冰寧可選擇在醫院裡串門子。
不管人家生什麼病，其實都跟牠
沒關係。牠的身体好得不得了。
牠仔細地聽医生講解病情。
該注意這個、該注意那個，
一個星期有七天，
牠天天聽得
津津有味。

夜要深了，
好好地睡個覺吧。

今天實在太忙了。

有流鼻水的、耳朵發炎的、長眼屎的、咳嗽的、皮膚病的、剪腳趾甲的、產前檢查的、清牙結石的....還有一直講話要談心事的。

終於牠們都走了，醫生坐下來開始寫病歷，才想起早上自己也是在發燒的，只是沒空理，竟也退了。

大家都回家了，
阿牙守在大樓外，一動也不動。
牠是一隻好狗，
不白吃大家白天給的便當。

半夜還是有工作要做。
　醫生摸黑起床，沖一瓶
　　奶餵餓得咿咿
　　哭的小小狗。
　　　他睏極
　　　了，可是
　　　也還記
　　　得等小
　　　狗吃飽，
　　　要先放牠
　　進一個紙箱內尿
　　　尿，再
　　　安頓
　　　牠進
　　　另一個
　　紙箱內睡覺。

医生蹑手蹑脚
走到楼下，
看看到底是谁
半夜三點就
在唱起床歌？

總少不了
半夜意外的訪客。

黑熊下山向医生求救，
牠孩子的腳掌被獵人
的陷阱夾住了。
「医生，你要抓緊，我現在
要跑快一點了。」
熊說。

在道晚安之前，
還有什麼話想說？

「真希望能自己
有一輛車,
想出去玩的
時候就出去玩。」

狗跟貓說出
牠心裡的願望。

貓說牠的願望和狗的一樣。

總是會有可以大家一起出門
　　　兜風的方法 。

尾聲：

醫生給貓的藥袋。

在我畫地圖給貓的那天稍晚，
我又在一個矮牆上看到牠，
那時牠正握著一個藥袋發愣。

「我忘記怎麼吃藥了。」
　牠說。

「我幫你看。」
我把藥袋拿過來。

「一天三次，一次兩C.C.，
用前搖一搖。」我說。

ps. 第一版沒有的

動物醫院裡，
故事從沒有結束

爹貓害羞地提著魚來還醫藥費。

狗不氣餒，
再混進操場跑一圈。

清晨開門，
一隻小兔等在門外，
問誰可以當牠的主人。

雖然臭皮老病離開，
牠的主人還是來說謝謝。
給獸醫打氣。

新年來臨
動物們一起上山許願
希望所有美夢，成真

我們是一家人。

抱在懷裡的不
是沉沉的負擔，
是放不下的
責任和愛。